KB047869

소금 꽃

김진수 시집

시인의 말

나는 내가 시인이 되기 위해

시를 쓴 게 아니다.

어느 순간 내 속에서 툭툭 튀어 나오는

말을 내 안의 시인이 불러주는 것을

글자로 옮겨 놓았을 뿐이다.

광교산 기슭 向日堂에서
2018년 새봄

如川 김진수

차례

시인의 말   3

1부 ● **인생의 봄날**

풍경   10

진달래   11

접목   12

소금 꽃   13

연가   14

어울림   16

나의 노래   17

아름다운 세상   18

여자   20

어느 봄날   21

아침풍경   22

비움   23

비   24

채송화   26

비 그치고   27

봄 그리고 갈   28

느린 걸음으로   29

2부 ● 인생의 여름 날

태풍경보   32

환희   34

백두산 천지에서   35

땅을 딛고서   36

목어   38

당신   39

노송   40

독자에게   42

내 곁에 사랑이   43

낙화   44

그대와 나   45

낮 꿈   46

처서   47

3부 ● 인생의 가을날

가을 편지   50

나의 기도   52

기도   53

그래서 착하다   54

그곳이 궁금하다   55

고목   56

가계부 작성   57

늦가을 1   58

늦가을 2   60

달력   61

영혼은 나비되어   62

세상길과 나의 길   64

커피를 내리다가   65

친구야   66

알게 될 거야   67

세월 1   68

세월 2   70

아프리카 아이들   71

손자 홍이에게   72

길   73

받지 못하는 전화   74

4부 ◈ 인생의 겨울날

초겨울   78

12월   79

눈 오는 날   80

겨울   82

다시 듣는 겨울 이야기   84

우암산   85

다만   86

향수   87

12월 31일   88

자개장   90

방하착   91

귀로   92

숟가락   94

저녁놀처럼   95

해설   96

1 ^부

인생의 봄날

풍경

눈 감으면 생각나는 어린 시절
언제나 평화롭고 정겨웠던 고향의 봄

소가 쟁기를 끌고 앞서 나가면
농부는 뒤집히는 흙을 밟고 따라갑니다

워이-워이, 뜻도 모를 농부의 소리에
앞서가는 소는 잘도 알아들었습니다

흙이 뒤집히고 속살이 훤히 드러나면
속과 겉이 함께 뒤엉킨 흙들이
엄마야! 하고 환호합니다

진달래

꿈에서도
아득한 내 고향

강원도 강릉시 연곡면
청학동 노인봉 1337미터
중턱이
활활 타고 있네요

어제 밤 꿈속에서 본
소월의
진달래 꽃불

접목

배 씨 속에는 배나무가 자라고
사과 씨 속에는 사과나무가
감 씨 속에는 고염나무가 자란다

고염나무를 그냥 두면
그대로 고염나무가 되지만
감나무와 접붙이면 감나무가 된다

청춘을 세워두고 꿈을 꾸노니
순백의 영혼 시를 접목하여
인류의 마지막 사람이 되고 싶어라

소금 꽃

장을 담아주시던 그 항아리에
당신이 일러주신 대로 장을 담습니다

우러낸 소금물이 싱거우면
삼베주머니에 소금 한 움큼 더 넣어
독에 띄우시라던 말씀대로 했습니다

이제보니 당신의 장독 바닥에는
소금 꽃이 산호처럼 피었나이다

햇살과 바람 반짝이는 별빛까지 품었다가
폭풍으로 쏟아지는 비바람 그친 뒤에야
낮은 곳으로 임하시는 당신 모습입니다

연가 戀歌

나를 꽃 피우게 한 것은
당신의 사랑 이었지요

막무가내로 다가온 당신
점령자처럼 내게 왔었지요

이제 어쩌면 좋습니까?
폭풍 치는 비바람이 없어도
누가 날 흔들지 않아도
꽃이 저절로 떨어지는군요

욕심이겠지요
떨어져도 당신의 꽃밭에서
내 영혼 드리리

2005. Kim, Young-Joong

어울림

소나무만 모여 있을 땐 솔밭이라 하고
꽃나무만 모여 있을 때는 꽃밭이라 하지요

나라는 나무와 너라는 나무가 함께 어울릴 때
우리는 밭이 아니라 숲을 이루지요

사람과 사람 남자와 여자가 함께 어울릴 때
비로소 아름다운 세상이 되는 것

조용히 다가가서 흔들리는 네 어깨를 짚어주고
두 팔 활짝 벌리고 널 안아보는 아름다운 세상
그 싱싱한 숲 속에서 살다 가고 싶어라

나의 노래

오늘도 고운 꿈을 그려 본다
잃어버린 동심으로 돌아가서
천진난만하게 웃어보고 싶다

남은 시간 아름답게 가꾸어
행복한 노래를 불러보고 싶다

더 많은 이야기를 나누면서
잔잔한 바람소리도 듣고 싶다

부푼 마음 부끄럽고 송구해도
헐벗은 감정들 곱게 꿰매어
후회 없는 사랑 남기고 싶다

아름다운 세상

너도 꽃이고 나도 꽃이다
우리가 곱게 피어 향기로우면
얼마나 아름다운 세상이겠는가?

노랑 꽃 하얀 꽃 빨강 꽃
조그만 꽃 커다란 꽃

저마다의 모양과 색깔로
저마다의 향기로 피었다가
떠날 때는 곱게 물든 단풍처럼
아름다운 모습으로 떠나자

여자 女子

나는 계집 여女자를
열 살 적에 쓸 줄 알았다
하늘 천天자 보다 훨씬 더 쓰기 쉬웠다

선생님이 양사언의 시조를 낭송해 보라하실 때
나만 예뻐하시는 줄 알았다

선생님이 전출가실 때
산모롱이를 돌 때까지 불렀다
계집 여女자를 쓸 줄 알고부터 생긴 일이다

어느 봄날

몸 풀고
꽃으로 오신다더니
웬 천둥번개인가

얼마나 큰 기쁨이시네
춘 삼월에
눈꽃으로 오시는가

저녁에는
친구가 목숨을 잃었다는데

이런 봄 다시 오지 말았으면

아침 풍경

나뭇잎 들은
기지개 펴고

꽃무리들
눈인사가 아름다워라

비움

한 마음에 잠겨
차를 마시니
차향도
생각에 잠기는데

한 마음 비우고
차를 마시니
차 맛이 더욱 느껴집니다

비

햇살 잘 드는 내 서재 창가에는
오래된 화분 하나 놓여있습니다

묵은 가지 끝으로 새순이 돋아
작은 꽃봉오리 하나 가
아직도 봄인 양 세월을 잊었지요

아침부터 비가 내려
창밖을 후려치는 빗소리
창틀에 놓인 화분이
문 열어 달라고 애원 합니다

아무래도 비에 흠뻑 젖게 하여
내 사랑 후회 없게 하렵니다

채송화

어디에서 무슨 인연으로 오셨는가
하늘 땅 너른 곳 다 두고
하필 돌틈 사이를 비집고 오셨는가
낮은 어깨를 기대고 옹기종기 모여서
조용히 피워 올린 채송화의 꽃무리여

비 그치고

전류를 타고 오는 임의 음성
안개비 걷히고 햇살 드리우 듯
이슬 같은 눈물도 지우게 합니다

고독한 헹군을 거듭하면서도
행여나 들려줄까 기다리다 보면
내 마음 충전시키는 임의 음성

이제 다시는 외롭지 말라하고
함께 무지개 되어 피어나자고
다짐한 그 목소리 그 울림에
눈 감으며 다시 귀를 기울입니다

봄 그리고 갈

거역할 수 없는 영토에
치솟는 아우성

천지가 아무리 혼란스러워도
들고 남에 있어

자연만한 갈무리가
또 어디 있으리

느린 걸음으로

걸음마부터 시작하여 쉬지 않고
부지런히 빠르게 달리던 걸음 무거워
이제 내 몸에 엔진이 말을 듣지 않는다

급한 성실이 점점 느려지고
말도 느리고 걸음걸이도 생각도 느려
손발의 움직임이 조심스럽다

어디쯤에서 멈추어 설 것인가
그곳이 나중 내가 가 닿을 침묵의 집이다

2 부

인생의 여름날

태풍경보

사자처럼 달려오는 저 바람소리
왜 내 맘 풀잎처럼 흔들리는가
낡고 오래된 것들 쓸어가겠지

아직도 꺼지지 않은 불씨 보듬어
이제 남은 내 모두를 불태우리
후회 없이 소멸시키는 불꽃이 되리

환희

연초록 이파리들의
떼 웃음소리
닫힌 귀를 열게 하고
굳은 몸을 일으켜 세웁니다

따사로운 햇살의 눈길
부드러운 바람의 손길
아름다운 새들의 노래

이 놀라운 신비로움에
가슴은 벅차오르고
온 누리에 기쁨이 넘칩니다

白頭山 天池에서

백두白頭 영산靈山이여
우러러 그 품에 안겼나이다
푸르고 깊은 천지天池
어쩌면 그리도 포근한지요
내게 그 숨결이 스며들었나이다
그리움에 취해 불러보는 이름
어머니!

땅을 딛고서

낮으면서도 높고
넓으면서도 든든한
땅 위에

내가 당신을 딛고 서서
살고 있습니다.

날 굳건히 떠받들어 주기 때문이지요

저절로 떨어진 한 톨의 씨앗도
다시 생명으로 일으켜 세우는
어머니의 품

목어

물속에서의
자유와 내장까지 다 버리고

산으로 올라왔으니
큰 원 하나는 이루었나보다

세상이 다 잠들어도
홀로 깨어 눈을 뜨고

자연이 들려주는 법문을
시방세계에 회향하고 있다

당신

몸 어딘가에 통증으로도 오고
빨간 고추잠자리 높이 날면
어른들은 비설거지를 하지요

오늘이 그날인가
굳은 내 몸에 찌릿한 신호가 오네요
아무래도 당신이 오실 모양입니다

당신이 오시려는 날은 늘 나를 울립니다
질퍽하게 쏟아놓은 당신의 사연들
몸으로만 읽을 수 없는 당신

노송 老松

천하제일의 절경이라 하더라만
너 무슨 인연으로 거기에 있는가

금방이라도 무너져 내릴 것 같은
가파른 절벽 돌 틈 사이에
늘 푸른 소나무 한 그루 앉아있네

비바람 눈보라 휘몰아칠 때
돌부리 부둥켜안고 버티어 견딘
네 눈물을 뉘라서 읽었으리

가파른 절경이 절경이 아니라
거기 앉은 네 모습이 절경이로다

독자에게

누군가가 그리워
먼 산을 바라봅니다

딱히 떠오르는 얼굴은 없어도
그냥 사람이 그립고 그리워서
밤 새워 긴 편지를 쓰고 싶습니다

못다 쓴 시 한 편을 붙들고
나는 오늘도 사람을 그리워하며
사랑의 편지를 쓰고 있습니다

내 곁에 사랑이

당장 큰 병원으로 가보라는 말
얼굴에 검은 보자기가 씌워지고
절망감과 불안의 수술대에서 6시간

마취에서 서서히 깨어나는 순간
아련히 들려오는 기도 소리

내 곁에 늘 사랑이 있다는 거
떠나보면 안다

낙화 落花

떨어져서 얻은 이름
마침내 나를 버립니다

한 시절 지나가는
절정의 자리에서

내 모두를 던져 얻은
마지막 사랑입니다

그대와 나

하늘처럼 펼쳐진
하얀 화선지에
먹물을 찍는다

소용히 부느럽게
내게 스며든다

이제 누런 세월의 덧칠 속에
먹물도 따라
빛을 바라고 있다

낮 꿈

욕조에 따스한 물을 채우고
기분 전환용 베스오일을 한 병 다 부었다
이내 장미 제라늄 백합꽃 튤립 향기가 내게 스며든다

텔레비전을 켜고 노래에 맞추어
방안을 빙빙 돌며 춤을 추었다

이 황홀한 낮 꿈
다시 한 번 꾸고 싶다

처서

그제 밤에는
창문을 열어놓고 잠이 들었다

어제 밤에는 창문을 닫아도
삼설에 이불을 찾았다

입추 말복 지나 처서를 맞으니
여름은 저만치 물러가고

물러서지 않을래야 않을 수 없는
내 젊은 날의 짙푸른 심장도
이제 물러 설 준비를 하고 있다.

가고 오는 말복과 처서 사이
먼 듯 가까운 듯

3 ^부

인생의 가을날

가을 편지

창 밖에 귀뚜라미
가을을 알려옵니다

그대 외로워하거나
쓸쓸해 하지마세요

과일이 익어가듯이
나뭇잎 곱게 물들 듯이

이제 우리 사랑도 그렇게 물들이고
익혀 가면 되잖아요

나의 기도

오늘도 뜻밖의 선물을 받듯이
고마운 맘으로 살게 하시고
오늘이 내 생의 마지막 날인 것처럼
기도하며 겸허하게 살게 하소서

고민하는 시간에도 기도하게 하시고
슬퍼하는 시간에도 기도하게 하소서
꼭꼭 숨겨놓은 욕심 다 몰아내고
스스로 평화롭게 살다 가게하시고
떠나야 할 곳에서는 머뭇거리지 말고
미련 없이 떠나게 하시며
마음을 가난하게 하시어 눈물이 고이게 하소서

고난을 통해 성숙하게 하시며
사람과 헤어짐을 자연스럽게 받아들이게 하시고
그 사람의 좋은 점을 기억하게 하소서
건강을 주시되 건강의 노예가 되지 않게 하시며
나를 위해 흘린 눈물보다 남을 위한 기원의 눈물이 더
뜨겁게 하시고
이 순간의 고마움을 위해 기도하게 하소서

기도

호수 같이 깊은 눈매
위로 치겨 올린 입술
오뚝한 코

무릎을 꿇고
머리를 숙이고
손을 귀밑 까지 올려
기도드리네

향그런 그 미소로
흔적 남게 하소서

그래서 착하다

연속극을 보다가
불쌍하다며 울고

설교를 듣다가
감격하여 울고

못난 자기를
쓰다듬어 준다고 운다

그곳이 궁금하다

버스를 타고 기차를 타고
오랫동안 걷기도 하고
승용차를 타기도 하고
때로는 배를 타고 비행기를 타고
지구 한 바퀴를 다 돌있는네
딱 한 곳은 가보지 못했다

가서 되돌아 올 수만 있다면
눈 딱 감고 한 번만
미리 가보고 싶은 그 곳
내 아버지 어머니가 계신 곳

고목

몸이 굳어가니 갈증이 더하다
이미 여러 개의 가지를 버렸는데
한쪽 옆구리에 또 싹을 틔우고 있다

아직도 식지 않은 저 속을
누가 감히 그 원죄를 물으랴

주저하지 말고 후회 없이 사랑하라

햇살이 어루만져 주고
비바람이 위로하며 지나는
언덕위에 오래된 나무 한 그루

가계부 작성

가계부 작성을 왜 하느냐고
묻지 마세요

이유는 돈의 흐름을
확인하기도 하고

고정이든
변동이든
규모에 맞는 살림꾸리기

계획으로 보태지는
그것이
가계부 작성을 해야하는
이유입니다

늦가을 1

봄
여름
가을
겨울
그 차례 바뀌지 않고
반복하여 내게 왔습니다

많은 것을 깨닫게 하고
많은 것을 사랑하게 하고
참으로 많은 것을 누리게 하였습니다

이제 늦가을이 되어
무거운 짐 다 내려놓고
아름다운 퇴장을 꿈꾸고 있습니다

2003. Kim Young-Jones

늦가을 2

억새풀
머리 풀고
울음을 터트린다

귀뚜라미는
탁배기 한 잔
북장구 없이도
밤 새워 노랫가락
잘도 뽑아내더니

그 소리에
취하다
한 시절
안녕이라고
울면서 보낸다

달력

달력을 펼쳐놓고
아무도 밟지 않은
숫눈 같은 여백에
근심 걱정
번뇌 망상으로
먹칠을 했네요

이제 또다시
달력을 떼어 냅니다
분노와 번뇌
아픔과 슬픔도
함께 떼어 냅니다

텅 빈 새길 위에
나를 다시 세워보는
그림을 그립니다

영혼은 나비되어

흙이 되어 누워있을
부모님이

일어서서 나를
바라보십니다

오빠와 언니도
함께 바라봅니다

몸은 흙으로 바람으로
흩어져도

영혼은 나비되어
내 곁을 맴돌고 계십니다

세상길과 나의 길

세상길은 여러 사람이 오갈 수 있는 길이지만
나의 길은 오직 나만이 갈 수 있는 길

세상길은 마주치면 멈춰가는 길이지만
나의 길은 마주치면 상처를 입는다

세상길은 가다가 되돌아 올 수 있는 길이지만
나의 길은 한 번 가면 다시 올 수 없는 길

세상길은 가다가 다른 길을 선택할 수 있지만
나의 길은 쉽사리 벗어나기 힘들다

오르막길 내리막길 공통점이 있지만
내가 걷는 이 길은 끝을 알 수 없는 길

커피를 내리다가

커피를 내린다
구수한 향기가 미각을 돋운다

삶의 찌꺼기도 거둘 수 있다면
맘에 닿는 음악소리 들을 수 있겠다

걸러 내지 못한 말
껄끄러운 찌꺼기가 되지는 않았는지

친구야

아플 땐
자식이
보고 싶고

외로울 땐
너를
보고 싶다

알게 될 거야

한때
어려운 수학 문제를 놓고
머리를 싸매던 때가 있었어
정답을 놓고 풀이 과정을 모를 때는
모든 것이 복잡하고 혼란스러워
그만 둘까 할 때도 있었지

어느 날 그 문제를 푸는 과정을 터득하게 되니
너무나 단순하게 다가왔어
아무리 복잡한 인생사도
수학문제와 다를 게 없다고 생각해

문제를 꿰뚫어 보는 눈이 뜨이면
순간 지극히 단순해진다는 거
복잡함이란 눈을 뜨지 못한 때문이라는 거
눈이 뜨이면 세상은 지극히
단순하게 보인다는 걸 뒤에 알게 될 거야

세월 1

아주 오래 전부터이었을 거야
똑 같은 걸음으로 걸어왔었지

잠시 머물다 가자해도 멈추지 않고
붙잡아도 붙잡을 수 없는 걸음으로
세월은 늘 우리 앞에서 걷고 있었지

다만 나이든 사람들만 한결같이
세월 그 놈 참 빠른 놈이라 말하지

세월 2

무심코 쳐다본 거울 속의 내 얼굴
누가 도둑인 줄 이제 알겠네

나도 모르게
소리 소문도 없이 야금야금
푸르고 싱싱한 것만 골라서 훔쳐갔네

아직도 날 따르는 저 도둑
언제까지 날 훔쳐 볼 것인가

아프리카 아이들

태어날 때부터
배고픈 아이들

아프리카의
아이들은
눈으로 말을 한다

누구든지
다 읽을 수 있는
말

손자 홍이에게

일터로 나아가는 희망의 첫발
그 첫발을 내 딛는 너의 모습이 대견하구나

보람의 일터도 되겠지만
초보가 감당하기에는 힘든 싸움터
그러나 새롭고 두렵고 신비한 곳이란다

기쁨으로 정직하게 일을 하여라
내 일처럼 정성을 다 하여라
수월함을 좇지 말고 모험을 두려워 말라

패기 넘치는 젊은 걸음으로 나아가거라
앞으로의 세상은 너의 것이니
빛나는 내일의 주인공이 되어라

길

젊어서
몸과 마음
함께 가던 길

늙으시
뒤처지는 몸
앞서가는 마음을
따르기 어려워라

가다보면
젊고 늙음이
맞닿은 길이지만

가까운 듯
되돌아보면
아득하기만 하여라

받지 못하는 전화

외출했다가 돌아오는 길에 소낙비를 만났다
마른번개도 천둥소리도 없이 쏟아 붓는다
핸드폰을 꺼내어 번호를 눌렀다
남편 목소리는 들리지 않고 낯선 목소리가 들려온다

"지금 거신 전화는 당분간 통화할 수 없습니다."
외출했다가 비를 만나면 집에 전화를 걸던 버릇이
한 순간 스치면서 전화를 걸었다
액정화면 속에서 남편의 목소리가 금방이라도 튀어나올 듯
한데
남편의 목소리를 들을 수 없다는 소리만 들리니
세상의 어느 한쪽이 캄캄하게 보인다

"아, 그 사람 내 곁을 떠난 줄만 알았는데 이 세상을
떠났구나."

길 잃은 비바람은 들판을 배회하는데
맨머리에 비를 맞으며 난 어디로 가고 있는가

4부

인생의 겨울날

초겨울

준비가 되었느냐고
전령병傳令兵처럼 다가오는 바람이 매섭다

떨쳐 낼 것 다 떨어뜨리고
맨몸으로 서서 추위를 맞으리

오만했던 것만큼은 뼈아프게
풍족했던 것만큼은 고개를 숙여
절정의 혹한酷寒을 맞으리

스쳐가는 계절과 아픈 이별도
내 온몸 속에 익히고 담금질하여
순백의 뜨거운 눈꽃으로 피워놓으리

12월

선달 칼 바람 단호하다
매섭게 갈라놓는 저 무정함
누구에게도 예외가 없는
길 끄트머리

어둔 밤 지나야 새벽이 오고
긴 겨울 지나야 봄이 온다고
넘어져야 할 것은 넘어지고
일어설 수 있는 것만 가자고
호되게 외친다

눈 오는 날

오늘 같이 눈이 펑펑 쏟아지는 날은
강원도 내 고향 산속마을로 가고 싶다

거침없이 내려오는 전사戰士들의 하강下降
무엇을 위하여 목숨을 던지는 것일까?

침묵하는 밤은 하얗게 깊어가지만
눈부신 사연들을 홀로 읽던 소나무는
쩡쩡 외마디로 오도송悟道頌을 하는구나

오늘은 네 두꺼운 껍질 쓰다듬으며
나도 큰소리로 울음을 터뜨린다

2007. Kim, Young-Joong

겨울

봄 여름 갈 다 지나고
찬바람은 바닥으로 쓸어지고
겨울은 저 혼자 깊어갑니다

텅빈 뒤란의 쓸쓸한 자리를
함박눈으로 가득 채웁니다

눈송이 쌓이고 쌓여
지난한 내 흔적을 지워줍니다

그래도 고맙고 행복한 것은
눈 속에 포근히 묻힌 싹 하나

다시 듣는 겨울 이야기

추억의 내 고향은
아직도 겨울 눈 속에 잠들어 있네

안개가 점령군처럼 밀려오던 큰 언덕
동화 속의 그림처럼 산속에 숨어 있네

눈이 처마 밑까지 쌓이는 긴긴 겨울밤
벙어리 눈꽃송이의 그 절절한 사연들을
나 이제 백발이 되어 읽을 수 있네

그 눈부신 설화雪花의 뜨거운 이야기를

우암산

서재에 앉아 창밖을 바라보면
소 한 마리 말없이 누워 있다
이곳 사람들은 우암산이라 부른다

외롭고 쓸쓸할 때 마주하는 친구
풍성하던 봄 여름 가을 다 지나고
저도 나와 같이 겨울을 맞이했다

비바람이 불고 눈보라 몰아쳐도
꿈적 않고 누워 있더니
오늘은 온 몸에 눈꽃을 피우며
선정(禪定)에 들었구나

다만

오늘은 무엇을 해야 하나
골똘히 생각하지 말고
일단 아무것도 하지말자

문학도 철학도
실제 삶을 대체 할 수는 없는 것

다만
순간
순간
내게 닥친 사소한 일들을
새롭고
밝고
아름답게
세상을 꾸미는 거야

향수

오늘은 크리스마스 이브
촛불 밝히고
앵두빛 와인 한잔에 취하고
싱그러운 사랑에 취했던
그날의 영상을
다시 그려 보리라

축복이라도 하듯 눈이 쏟아져
설백의 그 길을 걸으며
순백의 맘으로 다가왔던

당신의 편지를 다시 읽으리

12월 31일

이 밤 지나면 새해 새날이다

되돌아 갈 수 없는 여기에서
지나와버린 옛날을 바라본다

아득히 먼 옛날 우리 집에는
천사같이 고운 아기의 내가
엄마품에서 방긋 웃고 있다

늙은 몸으로 갈 수 없는 길을
그리운 맘으로 갈 수만 있다면

천진난만한 애기의 나를 찾아
다시 엄마 품에 안기고 싶다

자개장

네가 내게로 와서 함께한지 반세기가 흘렀다
아직도 생생하게 그려지는 내 맘 같은 너
너를 밀어내듯 탐하는 사람에게 주고 말았다

애써 모아두고 힘써 쌓아온 모든 것들이
하나도 내 것이 아니라는 생각이 들 때에
애지중지하던 너를 그렇게 떠나보내게 되었다

아쉬워하면서 후련해 하면서 떠나보낼 때에
나는 처음으로 상처투성이의 너를 보았다
내 맘 얼룩딱지들이 그대로 너에게 있었다

너와 내가 가슴에만 품고 놓아주지 않았던
노송老松위에 앉은 백로를 훨훨 날려 보내었다
낮잠 자던 토끼도 깨워 거북이를 따르게하고
석류나무 가지에서 그네를 타던 다람쥐와
노루와 사슴도 넓고 푸른 숲으로 가게 하였다
홀로 무심히 떠 있던 구름은 하늘로 흐른다

나도 이제 두둥실 하늘에 꽃구름 피우고 싶다

방하착 放下着

몸 벗어 두고
언제 떠날지
아무도 모른다

나도 혼자
어느 날 그렇게
흔적 없이
훌쩍 떠날 것이니

사랑 말고는
모두 다
내려놓을 일이다

귀로 歸路

세상에 올 때는
울음을 터뜨리는데

세상을 떠날 때는
왜 울지를 못 하는가

그래
나는 그저
사랑했다는 말
한 마디
남기고 싶다

2004 SWISS Village.
Kim. Young-Sung

숟가락

이승의 마지막 날

손에서 너도 놓을 것이다

봉긋한 봉분 하나 만들어

내 육신을 묻으리

저녁놀처럼

또 하루가 저문다

불빛이야 반짝이든 말 든

어둠이야 내리든 말든

저 혼자 조용히 임종을 맞는다

여천의 사계, 그 비움과 채움의 시학
– 김진수 시인의 시집 『소금 꽃』 –

홍 문 표
(시인 · 평론가 · 전 오산대학교 총장)

　여천(如川) 김진수 시인의 시집 『소금 꽃』을 보게 되어 참으로 반가운 마음이다. 내가 이번 시집을 보고 참으로 반가운 마음인 것은 그의 문학에 대한 특별한 열정은 물론 평생 창조문학지와 함께 문학의 길을 동행해 온 그에 대한 나의 신뢰와 존경이 이 시집의 행간을 따라 더욱 반갑고 고맙게 피어나기 때문이다.

　내가 김 시인을 만난 것이 1993년 초 여름이었으니 어느새 25년이란 세월이 지났다. 그 때 나는 다양한 비평담론을 곁들인 품격 있는 문학지를 생각하며 「창조문학」을 창간하여 기초를 다지고 있는 때였다. 권희돈 교수의 소개로 처음 만난 김 시인의 인상은 한마디로 설렘이었다. 우아한 외모와 격조 있는 언행, 거기에 문학에 대한 열정들이 나를 압도했기 때문이다.

　그는 이미 많은 문학작품을 써 왔기에 사실, 「창조문학」

신인 등단이란 통과의례일 수 있었다. 그러나 그는 당당하게 등단하였고, 그 후 그의 작품 활동은 날로 발전을 거듭하여 이제는 한국수필문학계가 주목하는 원로 수필가가 되어 있다. 그러기에 그는 창조문학을 넘어 보다 전문적인 수필문단에서 활동할 수도 있었다. 그러나 작가는 작품으로 말하는 것이라 하면서 끝까지 창조문학을 중심으로 활동하였고, 나의 멘토가 되었으며, 창조문학 회원들의 든든한 귀감이 되어 오늘에 이르고 있다. 그래서 회원들은 그를 '왕회장'이라고 한다. 그의 넉넉하고 품격 있는 삶과 문학을 사랑하고 존경한다는 말이다.

사실, 인생이 한 평생을 살면서 많은 사람을 만나지만 정말 신뢰하고 존경하며 서로를 이해하고 격려하는 아름다운 만남이 얼마나 될까. 나는 문학을 하고 교육을 하고, 문학지를 하면서 참으로 많은 사람들을 만났다. 그러나 그 만남의 대부분은 이해가 얽힌 것이거나 의례적인 것이 대부분이었다. 그런데 여천 김진수 시인과의 만남은 그런 것이 아니었다. 그는 언제나 나의 문학. 나의 문학정신을 이해해 주었고, 격려해 주었으며 올바른 권면을 해 주었다. 그러기에 창조문학 30여년을 운영하면서 나는 그런 분과 함께 문학의 길을 걷게 된 인연을 늘 감사하며 고맙게 생각하고 있는 것이다.

여천이 누구인가. 그가 두 번째 수필집 『하얀 숲』을 내었을 때 나는 「김진수의 수필세계」라는 제목으로 평을 쓴 일이 있는데 거기서 나는 그의 문학과 인생에 대하여 이런 글을 쓴 일이 있다.

> 에오라지 수필문학으로 일관하는 그녀의 진지한 창작태도, 고상한 기품과 넉넉한 여유, 태산처럼 의연하면서도 실버들처럼 부드럽고 섬세한 서정, 그러나 무엇보다 그녀의 매력은 누구에게나 한 결 같이 베푸는 사랑과 배려, 그 모성 같은 따뜻함이다.
>
> 요즘은 정말 존경스런 문사, 영혼을 사로잡은 문장, 보기만 해도 가슴이 설레고 평안하고, 그러면서도 믿음이 가고 사랑을 느낄 수 있는 그런 사랑을 찾기란 그리 쉬운 일이 아니다. 그런데 그녀를 보면 마치 진창에 핀 탐스런 연꽃이라고 할까. 그녀를 보면 그가 바로 문인다운 문인, 수필가다운 수필가, 지덕을 겸비한 여성다운 여성이라고 느껴지는 것은 비단 나만의 편견이 아닐 것이다.

이렇게 수필가로 평생을 열심히 활동해온 그가 삼년 전 어느 날 수십 편의 시를 써서 나에게 보내왔다. 놀랍고 반가운 일이었다. 평소 그의 수필이 보여준 문학성이나 예리한 상상력이 시인의 감성을 충분히 가지고 있어 나는 자주 그에게 시를 권했었기 때문이다. 요즘은 탈장르시대니 경계 허물기 시대라는 말을 한다. 사실 문인이라면 수필도 쓰고 시도 쓰고 비평도 할 수 있어야 하는 것이지, 어느 한 장르만 고집할 일이 아니라는 말이다. 우리는 그 후 그의 시에 대하여 여러 번 토론을 했고 시인으로 당당히 등단도 했으나 한동안 잠복기를 거쳐 이번에『소금 꽃』이란 제목의 시집을 내게 된 것이다.

　김 시인은 이번 시집 서문에서 "나는 내가 시인이 되기 위해서 시를 쓴 것이 아니라 어느 순간 내 속에서 내 안의 시인이 불러 주는 것을 글자로 옮겨 놓았을 뿐"이라고 했다. 참으로 여천(如川) 다운 고백이다. 많은 사람들이 문학은 상상이고, 문학은 구성이고, 문학은 표현이라는 논리에 얽매어 얼마나 많은 사람들이 작위적 글쓰기를 하고 있는가. 문학이 그런 잔머리와 기교에만 치우치는 것이라면 그야 한가로운 자들의 말장난일 수 있다. 이 척박한 물신주의 세상에서 문학을 하는 것은 그들 속된 세속의 위안이나 오락이나 심심풀이가 아니다. 그 보다는 생의 내면 깊이에서 우러나오는 영혼의 진실한 음성을 경청할 수 있어야 하고, 그리하여 삶의 진정한 의미를 깨닫고 거듭나는 기적이 있고서야 문학에 평생 내 운명을 던질 수 있는 것이고, 그러한 진실에 도전할 경우 감히 문사나 시인이란 말을 할 수 있는 것이다.
　따라서 그러한 내면의 음성을 들을 수 있는 것은 얄팍한 범인들의 감성으로는 불가능한 것이고, 참으로 오랜 세월 문학이란 구도의 길에서 고뇌하고, 영혼을 정화시킨 그 진지하고 투명한 의식에서만 가능한 것이다. 그러기에 그러한 경지에서 나오는 언어는 마치 영성으로 접신된 자의 신탁처럼 영험스럽다. 김 시인은 분명 내 속에서 내 안의 시인이 불러 주는 대로 적었다 했다. 이는 시의 신 뮤즈가 그에게 강신하여 신어를 발설하게 되었다는 말인데 이는 그가 그동안 수필을 쓰면서도 남들처럼 신변잡기 같은 잡문을 쓰지 않고 시적인 수필, 시인다운 수필가로 활동했기 때문에 이러한 평생의 작업들이 어느새 그로 하여금 시인이 되게 하였고, 시신의 음성을 들을 수 있게 되었다는 말이기도 하다.

　이러한 그의 시적인 삶, 순리와 진실을 경청하며 정진해 온 삶의 내면에서 시냇물처럼 흘러내리는 시적 영감이 우선 그가 시집 제목으로 삼은 「소금 꽃」이란 작품에서 잘 드러나고 있다.

　　　장을 담아 주시던 그 항아리에
　　　당신이 일러주신 대로 장을 담습니다

　　　우려낸 소금이 싱거우면
　　　삼베주머니에 소금 한 움큼 더 넣어
　　　독에 띄우라던 말씀대로 했습니다

　　　이제 보니 당신의 장독 바닥에는
　　　소금 꽃이 산호처럼 피었나이다

　　　햇살과 바람 반짝이는 별빛까지 품었다가

폭풍으로 쏟아지는 바람 그친 뒤에야
낮은 곳으로 임하시는 당신 모습입니다

「소금 꽃」 전문

이 시의 첫 연은 장을 담아 주시던 그 항아리에 당신이
일러 주신대로 장을 담는다는 것이다. 여기서 중요한 것
은 당신이 장을 담아 주시던 그 항아리에 당신이 일러주시
던 대로 장을 담는 것이다. 장을 담아 주시던 그 항아리는
나를 존재하게 했던 인연의 끈 사랑의 섭리, 그 생명의 공
간일 것이고, 당신이 일러주신 대로 나도 장을 담는다는
것은 그러한 사랑의 섭리에 절대 순응하는 자기 겸손 자기
비움의 자세다. 둘 째 연은 당신이 일러주신 그 말씀, 그
순리를 보다 구체적으로 실천하였다는 고백이다. 그랬더
니 셋째 연에서는 당신이 물려주신 그 사랑의 섭리, 그 장
독의 바닥에 소금 꽃이 산호처럼 피었다는 것이다. 사랑
의 섭리에 순명한 결과 산호처럼 빛나는 삶의 결정체 소금
꽃으로 승화된 것을 발견하게 된 것이다. 그러나 마지막
연에서 순명의 과정에는 햇살과 바람과 별빛을 품어야 하
고, 폭풍우와 비바람을 견디고서야 정말 자기를 비운 당
신의 모습이 될 수 있는 것이라 했다.

그렇다면 여기서 당신은 누구일까. 첫 연의 외면적 의미
로는 부모나 선조일 수 있지만 내포적으로 보면 우주만물
의 순리일 수 있고, 절대자의 섭리일 수 있고, 시인이 추

구하는 이상적인 삶의 진실, 또는 시 세계, 아니면 자신의 완성된 모습일 수 있다. 이만큼 이 시에서 당신과 소금 꽃은 그가 평생 문학과 인생을 진지하게 살아온 시도(詩道)의 지극한 표상의 언어가 된다.

그러기에 여천 김진수 시인의 이번 시집은 요즘 젊은 세대들의 열정이나 지적 객기로 잡다하게 포장한 그 흔해빠진 시류의 시와는 격이 다르다. 평생 수필가로, 그리고 문인으로 그리고 뜨겁고 치열하게 살아온 인생을 돌아보고, 그처럼 농익은 삶에서 우러나오는 진실들이 인생의 노을을 맞아 그동안 어떻게 살았나, 앞으로 남은 삶은 어떻게 살 것인가를 주문처럼 교훈처럼 기록하고 있는 것이다.

그래서 그는 이 번 시집의 구성을 제 1장 인생의 봄날, 제 2장 인생의 여름날, 제 3장 인생의 가을날, 그리고 마지막 제 4장은 인생의 겨울날이라는 명제로 하여 인생의 일생과 사계로 나누어 대비하였는데 이는 결국 인생이란 무엇이며 사계와는 어떻게 어우러지는가를 진지하게 질문하고, 그 해답을 시적으로 풀어내는 소중한 연가가 되고 있다.

이렇게 시집의 작품들을 사계로 나눈 것은 작품 중 봄·여름·가을·겨울이라는 계절적 소재를 다룬 것들로 생각할 수도 있지만 그보다는 '인생의'라는 전제를 앞에 제시함으로 이는 인생의 봄날 같은 유년, 청년 같은 여름날, 장년 같은 가을날, 그리고 노년 같은 겨울날의 삶에 대한 은 유적 표현이라고 하는 것이 더 정확한 것이며 그런 점에서 이번 시집 『소금 꽃』은 그의 인생 사계에 대한 자전적 고백을 시적인 형식으로 승화시킨 영혼의 목소리라고 해야 할 것이다.

그렇다면 이번 시집을 통하여 그리고 인생 사계를 통하여 드러내고자 한 내면의 진실은 무엇일까. 나는 그것을 "여천의 사계, 그 비움과 채움의 시학"이라는 말로 압축하고 싶다. 그는 호를 여천(如川)이라했다. 여기서 천(川)을 샘 천(泉)으로 쓸 수도 있고, 하늘 천(天)으로 쓸 수도 있고, 또 강(江)으로 바꿔서 쓸 수도 있다. 나도 호를 동천(東川)이라 했는데 내 천(川)을 굳이 쓴 것은 샘은 신선하지만 정적인 한계가 있고, 강은 넓지만 너무 벅차고, 하늘은 공허하기에 차라리 청산에서 넓은 강으로 작지만 세차게 흐르는 물줄기, 그것이 바로 청정한 시냇물처럼 막힘없이 흐르고 싶은 여천(如川)의 삶과 문학이 아닐까. 사실 그의 시는 「소금 꽃」에서 보듯이 시냇물처럼 높은데서 낮은 데로 순리를 따라 겸손하게 비우면서 흐른다. 그러면서도 지극한 마음으로 모두를 포용하고 사랑하며 산다.

한 마음에 잠겨
차를 마시니
차향도

생각에 잠기는데

한 마음 비우고
차를 마시니
차 맛이 느껴집니다

–「비움」 전문

물속에서의
자유와 내장까지 다 버리고
산으로 올라왔으니
큰 원 하나는 이루었나보다

세상이 다 잠들어도
홀로 깨어 눈을 뜨고
자연이 들려주는 법문을
시방세계에 회향하는 너

–「목어」 전문

떨어져서 얻은 이름
마침내 나를 버립니다

한 시절 지나가는
절정의 자리에서

내 모두를 던져 얻은
마지막 사랑입니다

–「낙화」 전문

아포리즘(aphorism)이란 말이 있다. 격언이나 금언이나 잠언을 이르는 말이다. 인생에게서 가장 소중한 진실을 간결하게 압축하여 드러내는 말이다. 그러나 이러한 진실은 오랜 비움의 삶에서만 터득되는 언어다. 순리를 따라 낮은 데로 낮은 데로 자기를 비우고서야 만날 수 있는 진리다. 작품「비움」은 차 한 잔을 마시는데도 비우고 채움의 아포리즘이 있다. 마음에 잠겨 차를 마시면 차향도 생각에 잠긴다는 것이다. 그러나 마음을 비우고 차를 마시면 차의 제 맛을 느낄 수 있다는 것이다. 이는「목어」에서 더욱 구체화된다. 목어의 근원은 바다다. 바다의 목어는 자유가 있고, 내장이 있고, 자기라는 존재가 있다. 그러나 그러한 자아를 유지하는 한 산에 오를 수 없다. 이기적인 자아, 바로 자유도, 내장도, 목숨도 모두 비우고서야 목어가 되어 산에 오르고, 큰 꿈을 이루고, 홀로 깨어 시방세계에 회향할 수 있다. 자기를 비우고서야 보다 차원 높은 채움이 가능한 것이다. 이는「낙화」에서도 그렇다. 낙화는 자기를 버린 꽃이다. 나를 버린 꽃은 화려한 꽃이 아니다. 그러나 내 모두를 던지는 비움의 결단에서 오히려 사랑이라는 높은 가치를 획득하게 된다. 이것이 김 시인의 문학이고 시다.

이러한 자기 비움과 사랑으로 채움의 시학은 그가 평생 살아온 삶의 이정이고 또한 문학의 길이다. 그런데 그러한 비움과 채움의 시학은 인생의 겨울인 노년에 이르러 더욱 지극한 형이상학으로 그 절정을 이룬다.

준비가 되었느냐고
전령병傳令兵처럼 다가오는 바람이 매섭다

떨쳐 낼 것 다 떨어뜨리고
맨몸으로 서서 추위를 맞으리

오만했던 것만큼은 뼈아프게
풍족했던 것만큼은 고개를 숙여
절정의 혹한酷寒을 맞으리

스쳐가는 계절과 아픈 이별도
내 온몸 속에 익히고 담금질하여
순백의 뜨거운 눈꽃으로 피워놓으리

－「초겨울」 전문

서재에 앉아 창밖을 바라보면
소 한 마리 말없이 누워 있다
이곳 사람들은 우암산이라 부른다

외롭고 쓸쓸할 때 마주하는 친구
풍성하던 봄 여름 가을 다 지나고
저도 나와 같이 겨울을 맞이했다

비바람이 불고 눈보라 몰아쳐도
꿈적 않고 누워 있더니

오늘은 온 몸에 눈꽃을 피우며
선정禪定에 들었구나

– 「우암산」 전문

몸 벗어 두고
언제 떠날지
아무도 모른다

나도 혼자
어느 날 그렇게
흔적 없이
훌쩍 떠날 것이니

사랑 말고는
모두 다
내려놓을 일이다

– 「방하착放下着」 전문

　그의 연륜도 이제 인생의 겨울처럼 노년이다. 백세 시대에 팔순이란 아직도 여유가 있기에 그리 초조할 처지는 아니지만, 그렇다고 마냥 청장년의 객기를 부릴 나이도 아니다. 여기서 우리는 노년의 삶, 어떻게 살 것인가. 아니 노년의 시 어떻게 쓸 것인가 하는 문제가 제기 된다. 더러는 나이는 숫자에 불과하다고 애써 외면하는 경우도 있고, 가능하면 노년의 쓸쓸한 모습을 감추려는 경우도 있다. 그러나 이는 모두 현명한 모습이 아니다. 시간에는 크로노스의 시간과 카이로스의 시간이 있다. 크로노스의 시간은 물리적인 시간, 한번 지나면 되돌릴 수 없는 시간이다. 그래서 이러한 시간관에 빠진 사람들은 노년을 인생의 종점으로 보고 초조해한다.

그러나 카이로스의 시간은 그런 물리적 시간이 아니라 주관적 시간 심리적 시간 상상의 시간 시의 시간이어서 마음먹기에 따라 얼마든지 물리적 시간을 극복할 수 있다. 노년을 솔직하게 인정하되 이를 어떻게 카이로스의 시간으로 초극하여 지상의 연민을 극복할 것인가, 여기에 영혼을 가진 인간의 위대함이 있고 시적 구원의 진리가 있다. 이런 점에서 여천의 이번 시들은 노을의 시간을 보다 아름답게 보다 황홀하게 불태우는 카이로스의 시간, 바로 시적인 구원의 시간으로 초월의 시간으로 승화시키는 아포리즘이 있고, 그의 놀라운 시학이 있다.

작품 「초겨울」을 보자. 첫 연에서 "준비가 되었느냐고/ 전령병처럼 다가오는 바람이 매섭다"고 했다. 얼마나 비장한 모습인가. 그러나 현실의 시간은 이렇게 비정한 것이지만 그의 정신, 그의 영혼은 "떨쳐 낼 것 다 떨어뜨리고/ 맨 몸으로" 아니 당당하게 추위를 맞겠다는 정신적인 채움이 있다. 그것은 3연에서도 그렇다. 오만과 지상의 풍족, 뼈아프게 반성하고 고개를 숙인다고 했다. 이는 철저히 자기 비움이다. 그러나 절정의 혹한을 당당히 맞겠

다는 것이다. 마지막 연에서는 스쳐가는 계절, 지난 봄 ·
여름 · 가을의 세월 이별까지 다 내 몸에 익히고 담금질하
여 마치 장을 담듯이, 순리를 따라 자기를 비우고, 마침
내 순백의 뜨거운 눈꽃으로 채우겠다는 것이다. 소금 꽃
을 피우겠다는 것이다. 황홀한 노을의 불꽃을 피우겠다
는 것이다. 그것은 평생 수필을 쓰다가 마침내「소금 꽃」
이란 빛나는 시를 쓰게 된 것과도 같다.「우암산」을 보자.
창밖에 한 마리 소처럼 누워있는 우암산, 그도 비바람 눈
보라를 견디고, 봄 · 여름 · 가을을 지나 시인과 함께 겨울
을 맞고 있다. 그러나 우암산의 겨울은 결코 외롭고 쓸쓸
한 것이 아니다. 마침내 온 몸에 눈꽃을 피우며 선정(禪
定)에 들어가는 황홀한 노을이다.「방하착(放下着)」이라는
작품도 그렇다. 방하착이란 정신적 육체적 일체의 집착을
내려놓고 해탈하는 경지를 말한다. 육신적인 욕망, 정신
적인 집착, 그 모든 지상의 인연을 포기하는 것, 바로 철
저한 비움의 아포리즘이다. 그러나 여천이 끝내 포기하지
못하는 것이 있다. 이것은 비우는 것이 아니라 채움이다.
일체를 비우고도 이것만은 오히려 채워야 하는 것이 무엇
일까. 그것은 사랑이다. "사랑 말고는/ 모두 다/ 내려놓을
일이다" 바로 사랑만은 일체를 비우고도 포기할 수 없다고
했다. 철저히 세속적인 자기를 비우고 보다 차원 높은 사
랑으로 삶과 인생을 끝까지 채우고자 하는 것이다.

여천의 사계는 이렇게 순리에 따르는 시내가 되어 물결 따라 계절 따라 비우며 버리며 청산에서 저 넓은 강으로 의연하게 인생 사계를 살아 왔다. 그러나 그 모든 것을 버리면서도 끝내 사랑만큼은 오히려 더더욱 채우는 삶이었다. 그는 평생 자연을 사랑하고, 가족을 사랑하고, 이웃을 사랑하였다. 그러한 자기 비움과 지극한 사랑이 지금은 넉넉한 인품이 되고 문학이 되고 시가 되어 마침내 황홀한 노을의 불꽃으로 타고 있는 것이다.

소금 꽃

초판 1쇄 발행 | 2018년 5월 31일

지은이 | 김진수
펴낸이 | 이명권
디자인 | 조성윤
인　쇄 | (주)규장각 02.469.7600

펴낸곳 | 열린서원
등　록 | 제300-2015-130호.
주　소 | 서울특별시 종로구 창덕궁길 117, 102호
전　화 | 010.2128.1215
팩　스 | 02.6499.2363

ISBN 979-11-89186-00-5
값 **11,000원**